D0834691
Picotine
et le bout du monde

Public Library

De la même auteure chez Québec Amérique

SÉRIE PICOTINE
Picotine 1 – Picotine et l'Homme aux Ballons, coll. mini-Bilbo, 2012.

Picotine
et le bout du monde

LINDA WILSCAM
ILLUSTRATIONS DE GABRIELLE GRIMARD

Québec Amérique

Catalogage avant publication de Bibliothèque et Archives nationales du Québec et Bibliothèque et Archives Canada

Wilscam, Linda
Picotine et le bout du monde
(Picotine ; 2)
(Mini-bilbo ; 46)
Pour enfants.
ISBN 978-2-7644-2243-4 (Version imprimée)
ISBN 978-2-7644-2470-4 (PDF)
ISBN 978-2-7644-2471-1 (EPUB)
I. Grimard, Gabrielle. II. Titre. III. Collection : Wilscam, Linda.
Picotine ; 2. IV. Collection : Mini-bilbo.
PS8595.I578P522 2013 jC843'.54 C2012-942497-8
PS9595.I578P522 2013

Conseil des Arts du Canada Canada Council for the Arts

SODEC Québec

Nous reconnaissons l'aide financière du gouvernement du Canada par l'entremise du Fonds du livre du Canada pour nos activités d'édition.

Gouvernement du Québec – Programme de crédit d'impôt pour l'édition de livres – Gestion SODEC.

Les Éditions Québec Amérique bénéficient du programme de subvention globale du Conseil des Arts du Canada. Elles tiennent également à remercier la SODEC pour son appui financier.

Québec Amérique
329, rue de la Commune Ouest, 3e étage
Montréal (Québec) H2Y 2E1
Téléphone : 514 499-3000, télécopieur : 514 499-3010

Dépôt légal : 1er trimestre 2013
Bibliothèque nationale du Québec
Bibliothèque nationale du Canada

Projet dirigé par Stéphanie Durand
Révision linguistique : Ève Patenaude et Chantale Landry
Mise en pages et conception graphique : Nathalie Caron
Illustrations : Gabrielle Grimard

Imprimé au Canada

Linda Wilscam et Michel Dumont sont les auteurs de l'idée originale et des textes de la série Jeunesse PICOTINE, réalisée et diffusée par Radio-Canada.

À Lili Éloïse
et à Juliette…
deux adorables
petites voyageuses.

CHAPITRE 1
Rêverie

—Oh là là là là là là!!! Ça y est, Picotine la picotée, elle est encore en train de rêvasser. Et elle n'arrête pas de soupirer. Mais... elle est partie où, là? Dans les nuages? J'ai soif, moi, citronnette de citronnette, se plaint son gros chien Poildepluch.

Picotine est rêveuse aujourd'hui. Elle est complètement perdue dans ses pensées. Poildepluch a raison, elle a la tête dans les nuages et elle fredonne une petite chanson tendre et mystérieuse. Les notes s'envolent comme les ailes d'un papillon!

—Le bout du monde...
Le bout du monde...
Le bout du monde...
Ce doit être si joli le bout du monde! hein, Poildepluch? demande Picotine en sortant de sa rêverie.

—Je sais pas moi, citronnette de citronnette. Elle est drôle cette Picotine!

Comment je pourrais le savoir, comment? grogne Poildepluch.

— J'aimerais tellement ça, aller en voyage au bout du monde, murmure Picotine.

— Pourquoi? s'étonne Poildepluch. On est très bien ici!

— Peut-être que le bout du monde, il est comme je le vois dans mes rêves... En tout cas, c'est sûr même même que c'est la plus belle chose qu'on puisse imaginer, déclare Picotine.

— Moi, la plus belle chose que je puisse imaginer, citronnette de citronnette, c'est un grand bol rempli d'eau fraîche ! marmonne Poildepluch en se léchant les babines.

Soudainement, Picotine jette un coup d'œil à son gros chien et lui dit :

— Tu dois avoir soif ! ? Je m'occupe de ça tout de suite même même !

Elle dépose bientôt un gros bol d'eau devant la niche de Poildepluch, au pied de l'arbre. Elle sursaute et se retourne en entendant un froissement de feuilles dans le petit sentier qui mène à son jardin.

— Ah ! bonjour Monsieur Simon ! Comment allez-vous ? s'exclame Picotine avec bonne humeur.

Monsieur Simon, c'est le facteur du Comté des Mille Cœurs. Ça fait si longtemps qu'il y apporte le courrier que personne n'ose calculer le

nombre des années, ni même essayer de deviner l'âge de ce vieux monsieur si gentil.

Il adore son métier, mais il se déplace TRÈS lentement et il ne faut surtout pas le presser!

De toutes petites lunettes rondes ornent son visage souriant.

Il approche chacune des lettres qu'il livre si près du bout de son nez que Picotine n'arrive pas à comprendre comment Monsieur Simon réussit à lire le nom du destinataire !

— J'ai une belle surprise pour vous mademoiselle Picotine, lance-t-il joyeusement.

— Une « petite » ou une « grosse » surprise ? s'amuse Picotine.

Le vieux facteur réfléchit quelques secondes, puis déclare avec philosophie :

— L'enveloppe est PETITE, mais peut-être qu'elle contient une GROSSE surprise. Sait-on jamais !

CHAPITRE 2

La lettre

Monsieur Simon ouvre sa sacoche de facteur et tend une enveloppe carrée à Picotine.

— Oh ! elle est jolie ! s'exclame Picotine. Et j'aime beaucoup sa couleur : elle est grise… comme le ciel avant la pluie !

Elle déchire l'enveloppe soigneusement et en retire un feuillet.

— Vous avez vu le papier, Monsieur Simon ? s'étonne Picotine. Il y a des petites lignes dedans !

— C'est du « papier de riz », explique-t-il savamment.

— Très très joli ! murmure Picotine, qui ajoute tout de suite en criant : c'est Marraine ! C'est une lettre de Marraine ! !

Monsieur Simon sourit tendrement en constatant la joie de Picotine qui lit rapidement, mais « attentivement », les mots que lui envoie sa marraine.

— Elle va très bien même même ! Elle dit qu'elle est un peu fatiguée et qu'elle s'ennuie de moi, résume Picotine.

Monsieur Simon, qui n'a jamais rencontré cette marraine que Picotine aime tant, déclare que c'est sûrement la meilleure marraine du monde !

— Ah oui ! C'est la meilleure marraine de toutes les marraines qui « marrainent » dans les environs ! dit fièrement Picotine.

Monsieur Simon éclate de rire :

— Dommage que je ne la connaisse pas !

— Mais vous ne pouvez pas la connaître même même, elle est toujours partie en voyage ! s'écrie Picotine en levant les bras au ciel avec air un peu vexé.

— Dommage, vraiment, répète le vieux facteur.

Picotine s'empresse d'ajouter que sa marraine lui a promis qu'un jour, elle viendrait s'installer dans le Comté des Mille Cœurs et qu'elle se ferait construire une petite maison décorée en dentelle de bois comme celles des pays chauds qu'elle aime beaucoup.

Monsieur Simon demande alors à Picotine pourquoi elle voyage tant, sa marraine.

Picotine réfléchit... mais elle est incapable de répondre !

Et c'est Poildepluch qui ronchonne :

— Mais c'est parce qu'elle a la bougeotte, citronnette de citronnette !

De son côté, Monsieur Simon propose en prenant un air sérieux :

— Elle doit avoir une âme d'exploratrice votre marraine, mademoiselle Picotine.

— Ouais, vous avez sûrement raison, Monsieur Simon. Je me souviens que Marraine, elle m'a déjà raconté que depuis qu'elle est toute petite, elle a toujours eu le nez dans les livres qui parlent de l'histoire des autres pays.

— Eh ben, voilà ! c'est une grande voyageuse. Elle a ça dans le cœur, constate sagement le vieux facteur.

— Vous savez quoi Monsieur Simon ? C'est même même très curieux, mais je n'arrive pas à l'imaginer « PETITE », Marraine. J'ai l'impression qu'elle a toujours été « GRANDE », lui confie Picotine.

— Ah non !... Il faut d'abord être PETIT pour devenir GRAND, mademoiselle Picotine, affirme avec énergie le facteur en reprenant sa route.

— Ça c'est vrai, grommelle Poildepluch. Pour une fois, il a raison le vieux Simon!

— À bientôt! Et merci encore, insiste Picotine en faisant au revoir de la main.

CHAPITRE 3
Marraine

Après le départ de Monsieur Simon, Picotine se remet à lire, et à relire, plusieurs fois la lettre. Elle pousse de longs soupirs, parce que, il faut bien qu'elle se l'avoue, elle s'ennuie de plus en plus de Marraine.

Elle ne l'a pas vue depuis si longtemps, qu'elle a

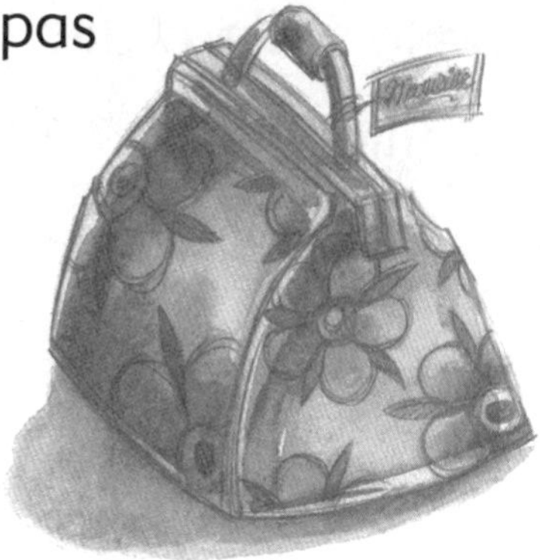

parfois du mal à se rappeler son visage.

Par contre, elle se souvient très très bien de toutes les histoires fabuleuses que sa marraine raconte.

Marraine est curieuse et amusante. Elle sait « des tas et des tas » de choses ! C'est pour cela que Picotine l'adore ! Marraine est belle, vraiment belle : elle a des yeux qui pétillent toujours et elle porte des robes magnifiques !

Picotine a une fée pour Marraine ! !

— Bonjour, s'écrie Fantoche qui arrive dans le jardin.

— Fantoche, regarde ! J'ai reçu une lettre de Marraine. Je m'ennuie d'elle ! J'aimerais tellement ça aller la visiter au bout du monde, dit Picotine en serrant très fort la lettre en papier de riz sur son cœur.

— Tu pourrais commencer par inventer un jeu qui te parlera d'elle, suggère Fantoche.

— Tu veux m'aider ? s'empresse d'ajouter Picotine.

— Désolé, j'ai trop de travail ! Je suis au beau milieu d'une expérience scientifique... qui ne peut plus attendre ! réplique tout de suite Fantoche.

Picotine fait la moue, elle est vraiment déçue. Elle aurait aimé que Fantoche reste un peu.

— Ne t'inquiète pas, tu trouveras vite quelque chose d'amusant à faire, ajoute Fantoche en lui souriant.

Au même moment, on entend au loin :

— Hé ! Hé !... Picotine, es-tu là, j'espère ?

— Eh bien voilà ! s'exclame Fantoche. C'est ton ami Naimport Tequoi qui s'amène. Tu ne t'ennuieras plus du tout !

Et il quitte le jardin de Picotine à la hâte.

CHAPITRE 4
Le carrousel

Naimport Tequoi regarde fixement la lettre que Picotine tient encore pressée sur son cœur.

— C'est une lettre de la marraine qui t'envoie toujours des cadeaux ? demande-t-il, intéressé.

— Absolument même même ! Et je vais aller la ranger tout de suite dans mon coffre en rotin, lui répond Picotine.

—T'es pas mal assez chanceuse, j'pense! J'aimerais assez pas mal ça, moi aussi, recevoir des cadeaux qui viennent de partout dans le monde entier. Ouais, j'aimerais assez pas mal ça, j'pense, réplique son ami avec un air boudeur.

Picotine grimpe dans son échelle en l'ignorant et, une fois là-haut dans son arbre, elle ouvre son coffre à jouets pour y cacher la lettre si précieuse.

—Hé! Picotine, tu redescends, là? demande Naimport Tequoi, inquiet.

— Attends un peu ! Fantoche m'a donné une bonne idée et je cherche un cadeau que m'a fait Marraine autrefois. Comme ça, si je le trouve même même, je pourrai penser très très fort à elle, lui crie Picotine du haut de son arbre.

— Est-ce qu'il est beau le cadeau ? hein, est-ce qu'il est assez pas mal beau ? s'impatiente Naimport Tequoi.

— Il est très beau, tu vas voir, le rassure Picotine.

Et quelques instants plus tard, elle dépose dans le jardin, devant Naimport Tequoi ébahi, un carrousel splendide !

— J'pense que j'ai jamais vu ça, j'pense, dit Naimport Tequoi, un peu gêné. C'est quoi ?

— C'est un carrousel de chevaux de bois. Il est magnifique même même ! affirme Picotine.

—Il est pas mal assez brisé, j'pense, commente Naimport Tequoi.

— Mais non, il n'est pas brisé du tout ! s'offusque Picotine. Il suffit de tourner la manivelle.

Naimport Tequoi ouvre des yeux « grands comme des marguerites géantes » lorsque le carrousel se met lentement à tourner sur lui-même.

Picotine observe pendant de longues minutes la danse du carrousel en pensant à Marraine avec tendresse.

Deux par deux, les chevaux de bois semblent s'envoler dans les airs.

Picotine aimerait tellement qu'ils l'emportent jusqu'au bout du monde!

Peu à peu, le carrousel ralentit, puis s'arrête.

Naimport Tequoi s'impatiente et demande à Picotine de tourner la manivelle « encore et encore » !

— Je veux bien même même… si tu chantes avec moi la chanson du carrousel, lui répond Picotine en souriant aux anges. C'est Marraine qui me l'a apprise, il y a longtemps, et je crois que je m'en souviens.

Elle remet le carrousel en marche et fredonne doucement la « Chanson des Chevaux de Bois » :

CHEVAUX DE BOIS
CHEVAUX DU ROI,
TOURNEZ TOURNEZ
TOUS À LA FOIS.

CHEVAUX DE BOIS
CHEVAUX DU ROI,
TOURNEZ TOURNEZ
TOUS À LA FOIS.

DANSEZ DANSEZ
PETITS CHEVAUX,
FAITES DES BONDS
FAITES DES SAUTS.

TOURNEZ TOURNEZ
BLANCS CARROUSELS,
EMPORTEZ-MOI
AU BOUT DU CIEL.

CHEVAUX DE BOIS
CHEVAUX DU ROI,
TOURNEZ TOURNEZ
TOUS À LA FOIS.

CHEVAUX DE BOIS
CHEVAUX DU ROI,
TOURNEZ TOURNEZ
TOUS À LA............ FOIS..................

CHAPITRE 5

Le bout du monde, c'est...

Naimport Tequoi et Picotine sont encore au pays du rêve lorsque Monsieur Simon revient au jardin. Sa démarche est beaucoup plus rapide que d'habitude et le pauvre Monsieur Simon annonce, au bout de son souffle :

— Mademoiselle Picotine !... J'en ai une autre... j'en ai une autre !!!

— Qu'est-ce qu'il y a ? Vous avez même même l'air épuisé, s'étonne Picotine en le regardant.

Le vieux facteur n'a pas entendu ce que Picotine vient de lui dire et il poursuit sa phrase en courant après sa respiration :

— Je… je suis désolé, vraiment. Je ne l'avais pas vue… elle était cachée sous la pile… au fond de ma sacoche. C'est impardonnable, vraiment !

Naimport Tequoi et Picotine ne comprennent **rien** à ce que raconte le vieux facteur.

— Respirez un peu Monsieur Simon, lui conseille Picotine, vous êtes tout rouge !

— … c'est que, voyez-vous… elles voyagent beaucoup les lettres, et… parfois, elles arrivent toutes en même temps ! réussit à terminer Monsieur Simon.

Picotine se rend compte tout à coup que Monsieur Simon est en train de lui dire qu'il a une **deuxième** lettre pour elle ! Elle tend la main pour la recevoir. Monsieur Simon la lui remet avec un petit sourire gêné. Picotine déchire l'enveloppe et lit le billet à toute vitesse.

— Vous savez quoi, vous savez quoi? s'écrie-t-elle, très énervée. Marraine arrive! Elle vient même même habiter le Comté des Mille Cœurs!!!

— Eh ben ça, c'est une BONNE nouvelle, constate Monsieur Simon.

— J'pense que non, j'pense. Les cadeaux, Picotine!, tu recevras plus jamais de cadeaux du tout, j'pense! déclare Naimport Tequoi, horrifié.

— Bien sûr que si, lui répond Picotine joyeusement. Et Marraine, je vais pouvoir la voir très très souvent même même !

— Qu'est-ce qui se passe ici ? s'étonne Fantoche qui arrive.

— C'est Marraine ! Elle s'installe dans le Comté des Mille Cœurs ! s'exclame Picotine.

— Ah bon... Alors je comprends pourquoi tu es si contente, dit Fantoche en lui souriant.

— Fantoche, est-ce que tu crois que Marraine, elle va s'ennuyer de ses voyages au bout du monde ? demande Picotine, songeuse.

Fantoche réfléchit un moment, pendant que Picotine, Naimport Tequoi et Monsieur Simon l'interrogent des yeux.

— Non, je suis sûr que non ! lance-t-il finalement.

— Comment tu le sais même même ? demande Picotine, pas rassurée du tout.

— Parce que… le bout du monde… il est partout ! affirme Fantoche. On peut penser que le bout du monde c'est très très loin, que c'est… « ailleurs ». Mais en réalité, le bout du monde, il est tout près, à l'intérieur des choses et des gens, et chacun de nous possède son bout du monde.

Après un moment d'étonnement, Picotine, Naimport Tequoi, Monsieur Simon, Poildepluch et même Fantoche se mettent tous à parler en même temps et à inventer « leur » bout du monde.

Pour Picotine, le bout du monde c'est… quelque chose de doux et de mystérieux.

Pour Naimport Tequoi, le bout du monde c'est… une forêt de grands arbres avec des rayons de soleil dedans.

Pour Monsieur Simon, le bout du monde c'est… un sentier qui mène « on ne sait pas où ».

Pour Fantoche, le bout du monde c'est… une petite note de musique qui scintille comme une étoile.

Et pour Poildepluch, qui bougonne parce qu'il a horreur du brouhaha, le bout du monde c'est…

— Citronnette de citronnette, moi je pense que « le bout du bout du bout du monde », c'est… de pouvoir sommeiller aussi longtemps que l'on veut sans que personne vienne nous embêter, citronnette de citronnette ! ! !

Picotine interrompt tout le monde en déclarant qu'il faut absolument qu'elle se prépare « même même » à l'arrivée de Marraine et qu'elle a vraiment

« des tas et des tas » de choses à faire !

— Bonsoir même même ! À demain, leur dit-elle avec un grand sourire.

Et elle grimpe à toute vitesse dans sa maison-arbre qui est… son bout du monde à elle !

Remerciements

Toute ma gratitude à Jean-François Bélanger, grand journaliste globe-trotter, qui a eu la générosité de me dire que sa vision « du bout du monde » remonte à l'époque où, enfant, il voyageait dans l'univers picotinien.

Mon sentiment affectueux à Stéphanie Durand avec qui je me promène au pays de la littérature depuis que nous nous connaissons.

Et, mille mercis à Millie-Milou d'être devenue une si splendide jeune Émilie en faisant de moi… sa fière Marraine !

Une brève histoire du « monde picotinien »

Les personnages de Picotine et de ses amis ont d'abord peuplé l'univers d'une pièce de théâtre pour enfants jouée au Piggery, à North Hatley, et en tournée dans les Cantons-de-l'Est à l'été 1970.

Ils se sont ensuite transportés à la télévision de Radio-Canada, où la série PICOTINE a été créée en 1972.

Près de quatre-vingts émissions ont fait rêver les enfants de plusieurs générations et continuent toujours de le faire puisque certaines d'entre elles sont disponibles sur DVD.

Picotine et le bout du monde nous emmène dans le Comté des Mille Cœurs pour nous faire partager une des aventures de Picotine… « la picotée ! », comme la surnomme tendrement son chien Poildepluch.

Linda Wilscam

À lire également :

PICOTINE 1

Picotine et l'Homme aux Ballons

Un étrange marchand de ballons parcourt le Comté des Mille Cœurs. Malgré ses joyeux habits, il a un air triste. On dirait qu'il cache un secret. Heureusement, Picotine et ses amis sont bien décidés à percer le mystère du curieux visiteur. Il y a là une histoire de génie qui jette des mauvais sorts ! Oh la la !

Photo : © Martine Doyon

LINDA WILSCAM

Dès sa sortie du Conservatoire d'art dramatique de Montréal, Linda Wilscam connaît le succès comme auteure et comme comédienne grâce au personnage de Picotine. Depuis, elle cumule les expériences d'écriture, d'interprétation, de mise en scène et d'enseignement en théâtre, en dramaturgie et en scénarisation. *L'Homme aux Ballons* est sa première publication chez Québec Amérique.

GABRIELLE GRIMARD

Gabrielle Grimard dessine depuis longtemps. Depuis ses études en arts plastiques au CÉGEP, en Beaux-arts à l'Université Concordia et en enseignement des arts à l'UQAM, elle n'a de cesse de créer princesses et papillons, et d'illustrer la joie ou la tristesse de tous les coins du monde. Des galeries d'art aux livres pour enfants, son talent se décline avec douceur au Québec comme aux États-Unis.

Fiches d'exploitation pédagogique

Vous pouvez vous les procurer sur notre site Internet à la section jeunesse / matériel pédagogique.

www.quebec-amerique.com

Visitez le site de Québec Amérique jeunesse!

www.quebec-amerique.com/index-jeunesse.php

L'impression de cet ouvrage sur papier recyclé a permis de sauvegarder l'équivalent de 4 arbres de 15 à 20 cm de diamètre et de 12 m de hauteur.

Achevé d'imprimer au Canada
sur papier Enviro 100% recyclé
sur les presses de Imprimerie Lebonfon Inc.